williambee Stanley

el constructor

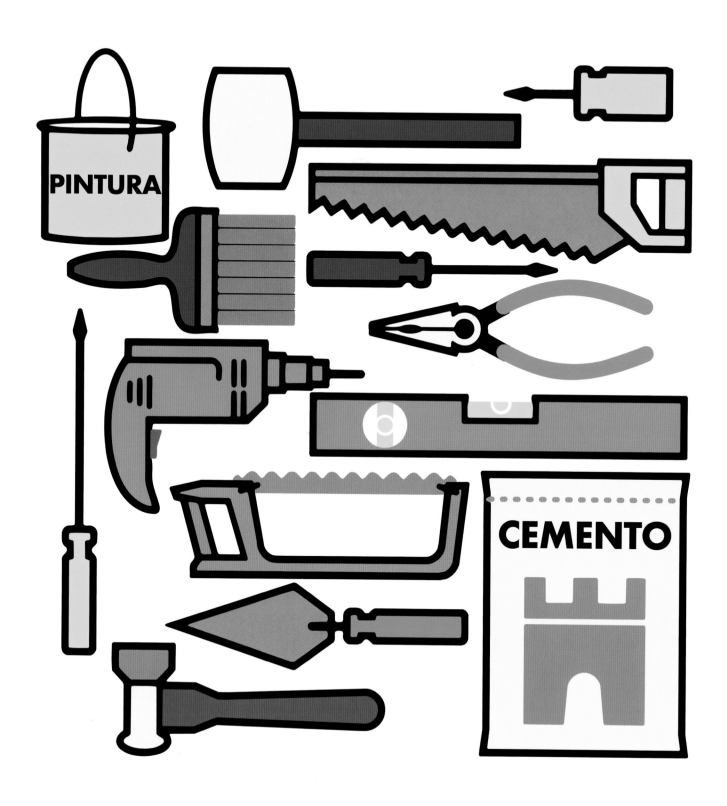

Publicado por
PEACHTREE PUBLISHING COMPANY INC.
1700 Chattahoochee Avenue
Atlanta, Georgia 30318-2112
www.peachtree-online.com

Publicado originalmente en Gran Bretaña en 2014 como Stanley the Builder por Random House Children's
Publishers UK, parte del grupo de compañías de Penguin Random House.
Primera versión publicada en los Estados Unidos en 2014 por Peachtree Publishing Company Inc.
Primera traducción al español © Peachtree Publishing Company Inc. 2020
Traducción de Hercilia Mendizabal

Las ilustraciones fueron creadas digitalmente.

Impreso en China
10 9 8 7 6 5 4 3 2 1 (rústica)
Primera edición
Rústica ISBN 978-1-68263-223-9

Datos de catalogación y publicación de la Biblioteca del Congreso

williambee
Stanley
el constructor

Ω
PEACHTREE
ATLANTA

¿Qué hacen Stanley y Myrtle?

Myrtle acaba de comprar una parcela de tierra. Le pide a Stanley que le construya una casa nueva.

Primero, Stanley despeja el terreno
con su topadora naranja.

Luego, excava los cimientos con su excavadora amarilla.

Charlie ha venido a ayudar.

Stanley vierte el cemento en el agujero.
¡No lo pisen! ¡Todavía está húmedo!

Colocar ladrillos es un trabajo muy complicado.
Stanley les da un golpecito hacia abajo.
Charlie revisa que estén nivelados.

Stanley usa su grúa verde para levantar las vigas hasta el techo.

¡Construir casas es una tarea calurosa!
Myrtle les ha traído un poco de jugo
de naranja a Stanley y a Charlie.
¡Gracias, Myrtle!

Charlie clava las tejas al techo.
Stanley coloca las ventanas en los
agujeros en las paredes.

Por último, Stanley y Charlie pintan la casa con los colores favoritos de Myrtle...

¡Rojo, blanco y azul!

Myrtle está muy a gusto con su nueva casa.
¡Es muy bonita! ¡Gracias, Stanley!
¡Gracias, Charlie!

¡Vaya! ¡Qué día más atareado!

La Casa
de Stanley

¡Hora de cenar!
¡Hora de bañarse!

¡Y hora de ir a la cama!
Buenas noches, Stanley.

Stanley

Si te gustó **Stanley el constructor**, entonces te encantará leer otros libros sobre Stanley como

Stanley y su escuela
HC: $8.99 / 978-1-68263-224-6

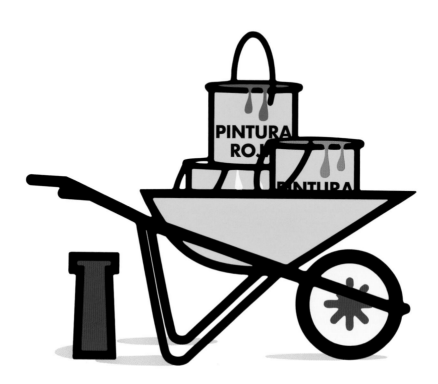